LE BOUCHER

ALINA REYES

LE BOUCHER

roman

FRANCE LOISIRS
123, boulevard de Grenelle, Paris

CE LIVRE EST LE CENT UNIÈME TITRE
DE LA COLLECTION « FICTION & CIE »
DIRIGÉE PAR DENIS ROCHE

Édition du club France Loisirs, Paris

ISBN 2-7242-4168-1
(ISBN 2-02-010186-6, éd. du Seuil)

I

La lame s'enfonça en douceur dans le muscle, puis le parcourut en souplesse d'un bout à l'autre. Le geste était parfaitement maîtrisé. La tranche tomba en fléchissant mollement sur le billot.

La viande noire luisait, ravivée par l'attouchement du couteau. Le boucher posa sa main gauche à plat sur l'entrecôte large et de la droite tailla à nouveau dans l'épaisseur. Je sentis sous ma propre paume la masse froide et élastique. Je vis le couteau entrer dans la chair morte et consistante, l'ouvrir comme une plaie radieuse. L'acier glissa le long du relief sombre ; la lame et la paroi brillèrent.

Le boucher souleva les tranches l'une après l'autre, les posa côte à côte sur le billot. Elles retombèrent avec un bruit mat — comme un baiser contre le bois.

De la pointe du couteau, le boucher se mit à parer les morceaux, taillant le gras et envoyant les éclats jaunes voler contre le mur carrelé. De la liasse pendue au crochet de fer, il arracha une feuille de papier huilé, plaça une tranche au milieu, lâcha l'autre par-dessus. Le baiser encore, plus claquant.

Puis il se retourna vers moi, le lourd paquet bien à plat sur sa paume ; il le jeta sur la balance.

L'odeur fade de la viande crue me monta à la tête. Vue de près, en plein dans l'éclairage du matin d'été qui s'engouffrait par la longue vitrine, elle était rouge vif, belle jusqu'à l'écœurement. Qui a dit que la chair est triste ? La chair n'est pas triste, elle est sinistre. Elle se tient à la gauche de notre âme, nous prend aux heures les plus perdues, nous emporte sur des mers épaisses, nous saborde et nous sauve ; la chair est notre guide, notre lumière noire et dense, le puits d'attraction où notre vie glisse en spirale, sucée jusqu'au vertige.

La chair du bœuf devant moi était bien la même que celle du ruminant dans son pré, sauf que le sang l'avait quittée, le fleuve qui porte et transporte si vite la vie, dont il ne restait ici que quelques gouttes comme des perles sur le papier blanc.

Et le boucher qui me parlait de sexe toute la journée était fait de la même chair, mais chaude, et tour à tour molle et dure ; le boucher avait ses bons et ses bas morceaux, exigeants, avides de brûler leur vie, de se transformer en viande. Et de même étaient mes chairs, moi qui sentais le feu prendre entre mes jambes aux paroles du boucher.

Au fond de l'étal courait une fente où s'enfonçait la collection de couteaux à découper, trancher, hacher. Avant d'en pénétrer la viande, le boucher aiguisait sa lame en la faisant aller et venir sur le fusil, d'un côté, de l'autre, le long de la baguette d'acier. Le raclement aigu m'irritait les sens jusqu'à la racine des dents.

Derrière la vitre pendaient les lapins roses, écartelés, le ventre ouvert sur leur gros foie — exhibitionnistes, martyrs crucifiés, offerts en sacrifice à la convoitise des ménagères. Les poulets étaient suspendus par le cou, leur cou maigre et jaune, étiré, transpercé par le crochet de fer qui maintenait leur petite tête renversée vers le ciel ; et leur gros corps de volaille à chair grenue tombait misérablement — avec pour seule fantaisie le croupion, posé au-dessus de leur trou de cul comme un faux nez sur le visage d'un clown.

Dans la vitrine, exposés comme autant d'objets précieux, les différents morceaux de porc, veau, bœuf, agneau excitaient l'envie de la clientèle. Oscillant entre le rose pâle et le rouge foncé, les viandes accrochaient la lumière comme des bijoux vivants. Sans oublier les abats, les magnifiques abats, la part la plus intime, la plus authentique, la plus secrètement évocatrice de la bête défunte : foies sombres, sanguinolents, tout en mollesse, langues énormes, obscènement râpeuses, cervelles crayeuses, énigmatiques, rognons lovés dans toutes leurs rondeurs, cœurs entubés d'artères — et ceux qui restaient dissimulés dans le frigo : le mou pour le chat des mémés parce que trop laid, poumon gris et spongieux ; les ris de veau, parce que rares et réservés aux meilleures clientes ; et ces couilles de bélier, ramenées tout exprès de l'abattoir et toujours livrées tout emballées, dans la plus grande discrétion, à un certain monsieur trapu qui en faisait son régal.

Cette commande régulière et insolite n'inspirait au patron et au boucher — pour qui tout était habituellement prétexte, en coulisses, à jeux de mots scabreux — que le silence.

En réalité, je le savais, les deux hommes croyaient que le client, par cette consommation hebdomadaire de couilles de bélier, acquérait et entretenait une singulière puissance érotique. Malgré les vertus supposées de ce rite, ils n'avaient jamais eux-mêmes tenté l'aventure. Cette partie de l'anatomie virile, souvent vantée à travers bien des commentaires et des plaisanteries, imposait cependant le respect. Et il allait de soi qu'on ne pouvait dépasser certaines limites sans verser dans le sacrilège.

Ces couilles de bélier ne manquaient pas non plus d'exciter mon imagination. Je n'avais jamais pu les voir — ni oser le demander. Mais je rêvais sur le paquet rose et dodu, et sur le monsieur qui l'emportait en silence après être passé, comme tout le monde, par ma caisse (les couilles étaient vendues à un prix dérisoire). Quels pouvaient être le goût et la consistance de ces reliques charnelles ? Comment les préparait-il ? Et, surtout, quel était leur effet ? J'avais tendance à leur accorder, moi aussi, des propriétés exceptionnelles que je ne me lassais pas d'envisager.

Il sourit, planta ses yeux dans les miens. Ce regard était le signal. Il s'enfonçait bien au-delà de mes pupilles, parcourait tout mon corps, se fichait dans le ventre. Le boucher allait parler.

« Comment va ma petite chérie ce matin ? »

La bave d'une araignée tissant sa toile.

« Ma chérie a bien dormi ? La nuit n'a pas été trop longue ? Il ne t'a rien manqué ? »

Voilà. Ça recommençait. C'était dégoûtant. Et si doux pourtant.

« Il y avait peut-être quelqu'un avec toi

pour s'occuper de ta petite chatte ? Tu aimes ça, hein ? Je le vois dans tes yeux. Moi j'étais tout seul, je n'arrivais pas à m'endormir, j'ai beaucoup pensé à toi, tu sais... »

Le boucher tout nu, secouant son sexe dans sa main. Je me sentis gluante.

« J'aurais préféré que tu sois là, bien sûr... Mais tu viendras bientôt, ma chérie... Tu verras comme je prendrai soin de toi... J'ai les mains habiles, tu sais... Et la langue longue, tu verras. Je te lécherai la chounette comme tu n'as jamais été léchée. Tu le sens déjà, hein ? Tu sens l'odeur de l'amour ? Tu aimes l'odeur des hommes quand tu vas les boire ? »

Il soufflait plutôt qu'il ne parlait. Ses mots venaient s'écraser contre mon cou, dégoulinaient dans mon dos, sur mes seins, mon ventre, mes cuisses. Il me tenait par ses petits yeux bleus, son sourire suave.

A cette heure, le patron et la bouchère finissaient de préparer leur banc, sur le marché couvert, et donnaient leurs dernières recommandations aux employés ; les clients étaient encore peu nombreux. Comme chaque fois que nous étions tous les deux seuls, le boucher et moi, le jeu revenait, notre jeu, notre invention précieuse pour anéantir le monde. Le boucher était accoudé à ma caisse, tout près de moi. Je ne faisais rien, je restais assise bien droite sur mon haut tabouret. J'écoutais, seulement.

Et je savais que, malgré moi, il voyait sous ses mots monter mon désir, il connaissait la fascination qu'exerçait sur moi son manège doucereux.

« Je parie que dans ta petite culotte tu es déjà toute mouillée. Tu aimes que je te parle, hein ? Ça te plairait de jouir rien qu'avec des mots... Il faudrait que je continue, tout le temps... Si je te touchais, tu vois, ce serait comme mes paroles... Partout, doucement, avec ma langue... Je te prendrais dans mes bras, je ferais tout ce que je veux de toi, tu serais ma poupée, ma petite chérie à câliner... Tu voudrais que ce ne soit jamais fini... »

Le boucher était grand et gros, avec la peau très blanche. Tout en parlant sans s'arrêter, il haletait légèrement, sa voix se voilait, fondait en chuchotements. Je voyais son visage se couvrir de plaques roses ; ses lèvres brillaient d'humidité ; le bleu de ses yeux s'éclaircissait jusqu'à ne plus faire qu'une tache pâle et lumineuse.

Dans ma semi-conscience, je me demandais s'il n'allait pas jouir, m'entraîner avec lui, si nous n'allions pas laisser couler notre plaisir avec ce flot de paroles ; et le monde était blanc comme sa blouse, comme la vitrine et comme le lait des hommes et des vaches, comme le gros ventre du boucher, sous lequel se cachait ce qui le faisait parler, parler dans mon cou dès que nous étions tous les deux seuls, et jeunes et chauds comme une île au milieu de la viande froide.

« Ce que j'aime surtout, c'est bouffer la chatte des petites filles comme toi. Tu me laisseras faire, dis, tu me laisseras te brouter ? J'écarterai tout doucement tes jolies lèvres roses, d'abord les grandes, ensuite les petites, j'y mettrai le bout de la langue, et toute la langue, et je te lécherai du trou au bouton oh le gentil bouton, je te sucerai ma chérie tu mouilleras tu brilleras et tu n'en finiras pas de jouir dans ma bouche comme tu en as envie hein je mangerai ton cul aussi tes seins tes épaules tes bras ton nombril et le creux de ton dos tes cuisses tes jambes tes genoux tes orteils je t'assiérai sur mon nez je m'étoufferai dans ta raie ta tête sur mes couilles ma grosse queue dans ta mignonne bouche laisse ma chérie je déchargerai dans ta gorge sur ton ventre ou sur tes yeux si tu préfères les nuits sont si longues je te prendrai par-devant et par-derrière ma petite chatte on n'en aura jamais fini jamais fini... »

Il chuchotait maintenant à mon oreille, penché tout contre moi sans me toucher, et nous ne savions plus rien ni lui ni moi — où nous étions, où était le monde. Nous étions pétrifiés par un souffle articulé qui s'échappait tout seul, faisait sa propre vie, un animal désincarné, juste entre sa bouche et mon oreille.

La main sous la machine à hacher, le boucher recueillait la viande qui sortait en longs et fins cylindres, serrés les uns contre les autres en une masse molle s'affaissant dans la paume de l'homme. Le boucher éteignit la machine, avala le tas rouge en deux gorgées.

Cet après-midi, j'écrirais à Daniel.

Daniel. Mon bel amour, mon ange noir. Je voudrais te dire je t'aime, et que mes mots fassent un trou, un grand trou dans ton corps, dans le monde, dans la masse obscure de la vie. Je voudrais ce trou pour t'attacher à moi (j'y passerais une belle corde comme celles qui tiennent les paquebots à quai et grincent terriblement l'hiver par les grands vents), je voudrais ce trou pour y plonger. Nager dans ta lumière, dans ta nuit de velours lourd, dans tes éclats de moire. Si mes mots avaient la force de cet amour qui me troue le ventre et me fait mal. Énigme à jamais irrésolue, étrange impossible, point d'exclamation qui me fera toujours tenir toute droite en danger, debout sur la tête et traversée de vertiges insolents. Où es-tu, Daniel ? Ma tête tourne, la mer chante, les hommes pleurent et je m'en vais à la dérive sur des lacs de mercure, mains en avant, je me récite de vieux poèmes où les voix sont trop douces. Daniel Daniel... Je t'aime tu m'entends ? Ça veut dire je te veux, je te jette, je t'ai horreur, je t'ai zéro, je t'ai plein, je te mange, je t'avale, je te prends tout, je me détruis, je te m'enfonce, je te me défonce à mort. Et je te baise les paupières et je te suce les doigts mon amour...

Le boucher me fit un clin d'œil amical. Avait-il tout oublié, déjà ? Il alla prendre un carré de côtelettes dans la vitrine, le posa sur l'étal et se mit à y découper des tranches. Il saisit le couperet, ouvrit les côtes déjà séparées par le couteau, puis, à coups secs, cassa les vertèbres qui maintenaient encore la viande en bloc.

« Cela va-t-il comme cela, madame ? »

Le boucher affichait toujours une grande politesse avec les clientes, tout en leur rendant du regard un hommage très appuyé dès qu'elles n'étaient ni trop vieilles ni trop laides. Sans doute aurait-il aimé toucher tous ces seins et toutes ces fesses, les manipuler de ses mains expertes comme autant de beaux morceaux. Le boucher avait la chair dans l'âme.

Je le regardais considérer les corps en tenue d'été avec un désir à peine dissimulé ; et je le vis tout en mains et en sexe, en accomplissement et en désir. L'accomplissement, c'était le contact avec les viandes froides, avec la mort. Mais ce qui maintenait le boucher en vie, c'était son désir, la revendication de la chair constamment entretenue et de temps à autre matérialisée par ce souffle entre sa bouche et mon oreille.

Et peu à peu, par la magie d'une puissance plus forte que ma volonté, je sentais son désir devenir le mien. Mon désir contenait à la fois le corps gras du boucher et tous les autres, celui des clientes déshabillées par son œil et même le mien. Vers toutes ces chairs montait de mon ventre une exaspération continue.

« Petite chérie, tu es vraiment légère à côté de moi. Il faudra que je te déshabille tout doucement pour ne pas te casser. Tu me déshabilleras aussi, d'abord la chemise et ensuite le pantalon. Je banderai déjà, sûrement ma queue dépassera du slip. Tu l'enlèveras aussi, et tu auras tout de suite envie de toucher, de prendre tout ce paquet chaud et dur entre tes mains, tu auras envie de son jus et tu commenceras à le branler, à le sucer, et finalement tu te le mettras entre les jambes, tu t'embrocheras sur moi et tu galoperas après ton plaisir jusqu'à ce qu'on s'inonde tous les deux oh ma chérie je sais que cela fermente en nous depuis des jours et des jours on va exploser on sera fous on fera ce qu'on n'a jamais fait et on en redemandera je te donnerai mes couilles et ma queue et tu en feras tout ce que tu veux tu me donneras ta chatte et ton cul et moi j'en serai le maître absolu je te l'enduirai de sperme et de jus jusqu'à ce que luise ta lune la nuit. »

Étaient-ce bien les mots du boucher que transportait le souffle ? Daniel, pourquoi ?

L'après-midi, je retrouvais ma chambre, chez mes parents. J'essayais de travailler au tableau que j'avais commencé au début de l'été, mais je n'avançais pas. Je rêvais à la rentrée, au moment où enfin cette saison serait terminée, où je retrouverais ma chambre en ville, mes copains des Beaux-Arts, et surtout Daniel. Je prenais mon papier, des feutres, de l'encre, et je commençais à lui écrire, en ponctuant mes feuilles de petits dessins.

La plupart des étudiants des Beaux-Arts aimaient à peindre sur des toiles immenses, qui occupaient parfois tout un mur. Moi je voulais concentrer le monde, le saisir et le tenir tout entier dans le plus petit espace possible. Mes œuvres étaient des miniatures qu'il fallait regarder de près, et dont les détails me coûtaient des nuits et des nuits de travail. Depuis quelque temps, j'avais envie de passer à la sculpture. J'avais fait mes premiers essais en modelant des boules de terre grosses comme l'ongle ; mais après la cuisson mes objets, taillés avec la précision d'un joaillier, n'étaient plus que babioles cassantes, qui se brisèrent entre mes doigts au premier contact, ne me laissant sur la peau qu'un peu de poudre rousse.

Et je lisais les poètes, et je me répétais, le soir, un passage du *Zarathoustra* où il était question de l'haleine chaude de la mer, et de ses mauvais souvenirs, et de ses gémissements.

J'avais rencontré Daniel chez mon frère. Ils venaient de former un groupe de rock, avec cette fille. Elle était assise entre eux sur le lit, ses jambes maigres moulées dans un collant panthère et repliées sous elle, les pieds contre les fesses. Ils écoutaient de la musique, parlaient de BD, riaient. Son grand pull laissait deviner une poitrine un peu lourde, elle balançait sa petite tête aux cheveux ras en jetant ses mots d'une voix forte. C'était elle, la chanteuse. Daniel la regardait beaucoup, et j'étais tout de suite tombée amoureuse de lui. Du moins, c'est ce qu'il me semblait, maintenant.

Je fumais et je buvais du café comme eux, mais je ne disais rien. Ils se serraient contre elle, lui posaient de temps en temps une main sur la cuisse.

Je n'écoutais pas non plus. La cassette hurlait.

Il était brun et ses yeux noirs allaient et venaient comme des merles, qui par moment se posaient sur moi et me piquaient de leur bec féroce.

J'avais mal au ventre. J'étais couchée par terre. Je détestais cette fille.

Elle avait des seins dégoûtants, comme ceux de ma poupée Barbie, que je tripotais quand j'étais petite. Mon frère et lui crevaient d'envie de les toucher, bien sûr. Peut-être l'avaient-ils déjà fait. Chacun une main sur sa poitrine.

L'air que je respirais me descendait en colonnes amères jusqu'au nombril.

Je me retournais contre le sol, et je fumais tant que j'avais des picotements au bout des doigts. Elle pliait et dépliait ses jambes, et le collant s'attachait à toute son anatomie, au petit renflement entre les cuisses avec la fente au milieu. La batterie donnait des coups dans mon thorax. Je surveillais ses yeux pour voir s'il regardait aussi à cet endroit-là du collant, au-dessous du pull où ses seins ballottaient à chaque mouvement.

Et le salaud regardait.

La chaleur montait. C'était le grand sujet de conversation. Quand le boucher sortait du frigo, la cliente lui disait : « Il fait meilleur là-dedans que dehors, non ? » Et il acquiesçait en riant. Parfois, si la femme lui plaisait, si elle n'avait pas l'air farouche, il s'enhardissait jusqu'à proposer : « Vous voulez qu'on y aille voir ensemble ? » Et son ton était aussi léger que possible, afin de faire oublier un peu l'éclat de son œil.

Sa phrase n'était pas vraiment anodine. Il n'était pas rare de voir le patron et la bouchère sortir du frigo dix minutes après y être entrés, la mine défaite et les cheveux ébouriffés.

Un jour que le patron n'était pas là, le boucher et la bouchère s'étaient enfermés dans le frigo. Au bout d'un moment, j'avais eu envie d'ouvrir la porte.

Entre les rangées de carcasses suspendues de mouton et de veau, la bouchère s'était agrippée des deux mains à deux gros crochets de fer au-dessus d'elle, comme on le fait dans le métro ou dans le bus pour garder l'équilibre. Sa jupe était remontée et roulée autour de la taille, découvrant ses cuisses et son ventre blanc, avec la touffe noire qui, de profil, faisait une tache en relief. Derrière elle se tenait le boucher, le pantalon aux pieds et le tablier également entortillé autour de la ceinture, la chair débordante. Ils s'arrêtèrent de forniquer dès qu'ils me virent, mais le boucher resta pris dans le derrière plantureux de la bouchère.

Chaque fois qu'une cliente faisait allusion à la fraîcheur du frigo, je revoyais la scène, la bouchère pendue comme une carcasse, et le boucher poussant dedans son excroissance, au milieu d'une forêt de viandes.

Les gens entraient régulièrement. Le boucher n'avait plus le temps de me dire un mot. En jetant ses paquets sur la balance, il me faisait des clins d'yeux, des petits signes.

Pour cette histoire avec la bouchère, je lui en avais voulu plusieurs jours, pendant lesquels j'avais refusé de me laisser chuchoter à l'oreille. Alors il s'était mis à me parler de son apprentissage dans les abattoirs. C'était dur, très dur, en ce temps-là il était presque fou, me disait-il. Mais il n'arrivait pas à raconter et se taisait rapidement, un voile gris sur le visage.

Tous les jours, il se mit à évoquer ces abattoirs, sans pouvoir rien en dire ; il s'assombrissait de plus en plus.

Vers la fin de la semaine, à une heure et demie de l'après-midi (le plus mauvais moment de la journée, à cause de la fatigue, de l'apéritif qu'on vient de boire et du repas qu'on attend), il se disputa avec l'un des commis revenu du marché. D'une voix forte, ils lâchaient tous les deux des phrases sèches, la tête haute et les muscles raidis. Le commis lança une injure, et avec un large geste de la main, comme pour balayer son adversaire, il entra dans le frigo.

Le boucher était rouge de colère, comme je ne l'avais jamais vu. Il saisit un grand couteau à l'étal et, la rage aux yeux, d'un bond, suivit l'employé dans le meuble.

Je me précipitai, l'attrapai par la main

gauche en l'appelant de son prénom avant qu'il ne referme la porte sur lui.

C'était la première fois que je le touchais. Il se retourna vers moi, hésita un instant, puis me suivit dans le magasin.

Depuis ce jour, je l'avais laissé reprendre ses chuchotements. Ses évocations de nos hypothétiques heures d'amour, auparavant assez discrètes, étaient devenues beaucoup plus crues.

Ils répétaient dans la cave de mon immeuble et presque chaque fois montaient me voir. Je m'étais mise à porter un pantalon en skaï moulant et des pulls bien étroitement serrés sur mes petits seins, à me dessiner une trop grande bouche en débordant largement avec le rouge à lèvres.

L'autre était là aussi, et j'hésitais entre le désir de lui plaire, de la trouver belle et de l'aimer et la jalousie féroce qu'elle m'inspirait. J'avais parfois envie de la pousser dans les bras de Daniel ; de le voir la prendre par la taille, poser ses lèvres sur les siennes — j'imaginais le mouvement au ralenti, les deux visages un peu penchés s'approchant tout doucement l'un de l'autre, et le choc mou des lèvres, et les langues fourrageant... Mais, quand je surprenais entre eux un geste de complicité, je voulais leur arracher la bouche et les yeux, leur fracasser la tête l'un contre l'autre.

Je leur offrais le thé, et nous bavardions en fumant. Quand elle n'avait pas son collant panthère, elle portait une petite jupe en cuir avec des bas dentelle, et toujours un blouson noir, et de gros clips extravagants aux oreilles.

Daniel dit un jour que les boucles d'oreilles avaient été inventées pour que les filles ne découvrent pas le plaisir de se faire mordiller les oreilles par les hommes. Alors elle tira sur ses clips, se planta sur les genoux des deux garçons assis côte à côte et se fit mordre les deux oreilles à la fois en criant d'une voix aiguë : « Oh oui, oui, je jouis, je jouis ! » Et tous les trois rirent beaucoup.

Je les regardais avec curiosité et crainte. Daniel habitait maintenant chez mon frère. L'appartement était assez grand, et ils partageaient le loyer. Je n'allais presque jamais chez eux.

Daniel et mon frère se moquaient gentiment de moi parce que je restais enfermée à peindre des choses minuscules ; ils me parlaient d'un ton protecteur, comme si j'étais leur petite sœur à tous les deux, me trouvaient jolie quand je me faisais une queue de cheval pour travailler.

Moi, pour me mourir d'amour comme dans les vieux contes, je me privais de manger, et j'admirais chaque jour dans la glace le dessin de plus en plus saillant de mes côtes, et la pâleur que me donnait ma faiblesse ; j'avais des vertiges, mon corps était léger, j'étais transparente au monde.

Et les après-midi, je me mettais au lit, je pleurais dans l'oreiller en pensant à Daniel, et je finissais par enlever ma culotte pour me caresser dans ma douce tristesse, et me faire jouir jusqu'à l'épuisement.

Quand l'homme entra dans le magasin, je baissai aussitôt les yeux pour ne plus le voir.

Je revins à moi, surmontai l'horreur.

L'homme n'avait plus de visage.

Sa tête n'était plus qu'un énorme anthrax, une masse informe semée de cloques, de bulbes, d'excroissances inouïes, de furoncles monstrueux qui jaillissaient à plusieurs centimètres de la surface pustuleuse, avec leur dépression profonde au centre, véritables volcans de chair.

Je sentis le sang quitter mes membres, des points noirs affluèrent devant mes yeux, mon estomac se souleva.

Tête globuleuse, chair humaine, qui sait si tu n'étais pas belle ? Et vous siamois, nains et géants, albinos, polycéphales, cyclopes ?

Qui pourrait jamais comprendre le monde ? Ses trèfles à quatre feuilles ? Le monde lui-même n'était-il pas monstrueux, n'étions-nous pas ses bourbillons glorieux et pourrissants ?

J'avais ce matin jeté le bouquet de roses que je gardais depuis plusieurs jours dans ma chambre. Aussitôt que je les avais sorties du vase, l'odeur nauséabonde de l'eau avait envahi la pièce. Les roses étaient encore très belles. Leurs pétales aux couleurs un peu fanées me glissaient des mains, se répandaient sur le sol en une gerbe pâle. Je les ramassais un à un, dans leur douceur et leur finesse incomparables, et l'envie me prenait de les déguster, de m'en composer une robe de sens, un oreiller à rêves ; lorsque j'en eus la poignée pleine, j'ouvris la main, et la laissai s'effeuiller au-dessus de la poubelle.

LE BOUCHER

L'homme était parti mais son fantôme demeurait. La chaleur s'était encore épaissie. De la tête-bulbe posée sur le billot fleurissait un faisceau de maladies purulentes, de lésions flamboyantes, d'affections malignes. Langues dures et mauves, oreilles boursouflées, corps suintant de vers par tous leurs pores, une femme sort de son médius la tête jaune d'un serpent, tire doucement sur la bête qui s'extrait de son bras, les vers se gondolent et cherchent à s'arracher des chairs, le ventre s'ouvre et les tripes puantes s'écoulent par terre comme un fleuve de boue, l'estomac plein de germes jette ses frondaisons dans les poumons, le cœur brille le ventre s'emplit d'eau c'est une mer profonde où vont des poissons d'or, musardent les poissons-chats, et on entend glouglouter les baleines aux océans de lait et au chant de sirène, on voit venir la pieuvre embarrassée de bras tapie au fond des eaux derrière son rocher sombre c'est l'antre génital où sont des poupées roses à la mine cruelle celle-là est frisée et sourit à deux bouches elle se tient couchée dans les algues dansantes et séduit les requins de ses lèvres-ventouses son ventre est plein de crabes et d'yeux de poissons fous cette autre flotte et gonfle au gré des courants d'eau on voit à l'intérieur des ondes liquoreuses transporter des bouquets aux senteurs entêtantes et la voilà dressée son bout violet luisant d'où jaillit toute blanche la rose épanouie.

Nous étions pris dans un réseau de chairs comme des mouches dans une toile d'araignée. Du décolleté des femmes, du short des hommes, je voyais pendre encore des lambeaux de cette matière molle dont ils s'étaient arrachés à grand-peine pour circuler dans la rue, sur la plage, ressembler au béton, à la pierre et au sable, à tout ce qui n'a pas de sang qui bat, de cœur qui palpite, de sexe qui enfle. Leurs pauvres tissus, leur bronzage dérisoire ne suffisaient pas à dissimuler leur honte. Il leur fallait encore se cacher pour chier, pisser, baiser.

Voilà pourquoi quelques-uns s'acharnaient à entretenir leur corps comme une machine, à faire disparaître d'eux toute chair inutile — et préféraient leur viande bien dressée à leur cerveau sans muscle.

Clients, clientes de la boucherie, corps aux âmes froides ! Si vous saviez comme je vous détestais ! Avec votre goût éternel de la juste mesure, votre insouciance affichée de vacanciers, votre sérieux pour choisir un bout de viande, votre inquiétude au moment de lire le prix sur la balance, votre condescendance envers le boucher et la caissière !

Jamais comme eux vous n'aviez inventé des poèmes interdits qu'on ne dit qu'à voix basse, pendant des jours et des jours.

Le patron aussi avait son langage secret, que vous ne compreniez pas davantage. Quand il disait tout haut et très vite en vous servant, madame : « La lam'dème, elle a un beau luqué que je lécherélème lienboc », qu'auriez-vous pu répliquer ? Sans doute soupçonniez-vous quelque faille, sentiez-vous chanceler un peu votre assurance. Mais vous préfériez n'en rien montrer, madame, car c'eût été y perdre votre honneur, briser votre belle carapace de majesté désincarnée et, surtout, être obligée de faire scandale et d'abandonner là un si beau gigot, si vous aviez voulu comprendre que le patron, votre boucher, tenait publiquement un double langage, l'orthodoxe et le louchébème.

Cette nuit-là, quand nous étions rentrés si tard du concert, mon frère m'avait proposé de dormir chez lui.

J'avais dû me tourner plus d'une heure dans le petit lit du salon avant de me lever comme une somnambule, d'entrer dans la chambre de Daniel, me coucher à côté de lui.

Il m'avait prise dans ses bras, serrée contre son corps, et j'avais senti son sexe durcir sur mon ventre.

Il riait de me trouver là, nue en pleine

nuit dans son lit ; et je sentais monter ma peur devant l'acte à accomplir, le corps de l'homme à découvrir. Je voulais aimer, je voulais Daniel, et j'accrochai désespérément ma peau à sa peau, ma chaleur à sa chaleur, et il entra en moi par deux fois, et par deux fois me fit mal et éjacula.

C'était déjà le matin. Je partis à pied. Je chantais, je riais. Je n'avais pas senti venir le plaisir suprême, mais j'étais dépucelée et folle d'amour.

Je m'étais levée dans le noir et comme une chatte dans la nuit j'avais marché dans le couloir sombre vers Daniel, le trou au ventre, vers l'homme chaud endormi au secret de son lit. Et les deux bêtes nocturnes s'étaient reconnues sans peine, il m'avait accueillie et prise contre lui, j'avais touché sa peau et flairé son odeur, il avait mis son sexe dans le mien.

Son sexe dans le mien. A midi, j'en avais encore envie, mais je n'avais pas osé téléphoner. J'avais appris le soir seulement que Daniel était parti en vacances dans sa famille.

En rentrant chez moi, ce matin-là, j'avais dévoré trois oranges, je m'étais souvenue de tout, je ne pouvais pas m'empêcher de sourire. Je ne savais pas encore qu'il s'en allait. Je ne savais pas encore qu'il allait si souvent partir et revenir si rarement, qu'il y aurait tellement d'attente, si peu de nuits et jamais de jouissance.

Je regardai le boucher, et j'eus envie de lui. Il était laid, pourtant, avec son gros ventre moulé dans le tablier taché de sang. Mais sa chair était aimable.

Était-ce la chaleur de cette fin d'été, ces deux mois loin de Daniel, ou les mots baveux du boucher à mon oreille ? J'étais dans un état d'excitation à peine supportable. Les hommes qui entraient dans le magasin, je les déshabillais du regard, je les voyais bandants, je me les fourrais entre les jambes. Les femmes que le boucher et le patron désiraient, je leur levais la jupe, je leur ouvrais les jambes, et je les leur donnais. J'avais la tête pleine d'obscénités et d'insultes, mon sexe me montait jusqu'à la gorge, j'avais envie de me soulager de la main derrière la caisse, mais cela n'aurait pas suffi, pas suffi.

Cet après-midi, j'irais chez le boucher.

Daniel. Vois comme je suis, pantelante et misérable. Pose tes mains sur ma tête, Daniel, que ma colère s'en aille, que mon corps se calme. Prends-moi, Daniel, fais-moi jouir.

Daniel. J'ai essayé de peindre un bouquet de roses. Ne ris pas. Comment rendre la couleur d'une rose, sa douceur, sa finesse, sa délicatesse, son odeur ? Pourtant, je les désire, je tente, je tourne autour.

Ne sommes-nous pas ridicules de vouloir attraper le monde avec nos stylos, nos pinceaux au bout de notre main droite ? Le monde ne nous connaît pas, le monde nous échappe. Je voudrais pleurer quand je vois le ciel, la mer, quand j'entends les vagues, quand je me couche dans l'herbe, quand je regarde une rose. Je mets le nez dans la rose et je suce le blanc de l'herbe, mais l'herbe et la rose ne se donnent pas, l'herbe et la rose gardent leur terrible mystère.

As-tu jamais été frappé par l'énigmatique présence de citrouilles énormes au milieu d'un potager ? Elles sont là, calmes et lumineuses comme des Bouddhas, aussi lourdes que toi, et, devant cette création insolite de la terre, soudain le doute te prend, tu bascules hors de ta réalité, tu regardes ton corps avec étonnement et tu tâtonnes comme un aveugle. Le potager reste impassible, il continue à pendouiller de tomates brillantes et de haricots dans leurs cosses, à se couvrir de persil odorant et de laitues ouvertes. Et toi, doucement, tu t'en vas, étranger.

Daniel. Cet après-midi, peut-être, j'irai chez le boucher. Ne te fâche pas, je n'aime que toi. Mais le boucher est plein de chair, et il a l'âme d'un enfant.

Daniel. Cet après-midi, sans doute, j'irai chez le boucher. Cela ne change rien, je n'aime que toi. Mais le boucher est un vicieux, je ne veux plus qu'il rêve de moi.

Tu t'inquiétais, Daniel, de me voir m'asseoir sur le rebord de la fenêtre, au troisième étage. Tu arrivais sans bruit derrière moi, tu me saisissais par la taille, pour me faire peur. On riait, je balançais une dernière fois les jambes dans le vide, et tu m'emportais avec toi, sur le lit. C'était quand nous étions seuls, tous les deux. Je renversais ma tête hors du lit, je voyais toute la pièce à l'envers, tu t'asseyais sur moi, mettais tes mains autour de mon cou, doucement tu serrais, et le plafond tournait.

Te souviens-tu du jour où nous sommes allés voler un bateau sur la plage, à l'aube ?

Je n'aime pas voler, l'aube était déchirante, je t'aimais.

Si je vais chez le boucher, ce sera comme nous tuer, Daniel. Le boucher en passant sur mon corps son gros corps assassinera ton corps mince et ferme. J'aimais tes épaules, larges et fines, tachées de son. J'aimais tes cheveux noirs et doux, ta bouche mince, ton nez droit, tes oreilles, tes yeux, j'aimais ta voix, ton rire, j'aimais ton torse et ton ventre plat, j'aimais ton dos où allaient mes doigts, j'aimais ton odeur je ne me lavais pas pour la garder sur moi, j'aimais traverser la ville pour aller te rejoindre les rues me disaient c'est par là il est au bout la neige étincelait et la foule s'ouvrait pour me laisser passer il n'y avait que moi et le soleil au ciel tous les deux en marche vers la cave magique où l'amour m'attendait où j'ouvrirais mes bras mon manteau et mes jambes où je te mettrais nu où tu t'allongerais contre moi peau à peau yeux à yeux bouche à bouche où je te recevrais pour l'éternité j'aimais t'attendre Daniel j'aimais ton sexe que je n'ai jamais pu toucher.

Quand le boucher sera dans mon corps Daniel nous serons morts notre histoire sera morte et fera les belles heures de mes chagrins prochains le boucher avec sa lame bien aiguisée le boucher avec sa lame fendra mon ventre et nous nous en irons du ventre où nous étions nous n'aurons plus d'amour assez dans les mains pour nous toucher encore nous nous arracherons et je te pleurerai le boucher avec sa lame fendra et fendra encore fendra et fendra encore fendra et fendra encore jusqu'à m'emplir de son lait blanc j'aurai les yeux qui saignent Daniel et le ventre qui rit je ne t'écrirai pas ou une fois encore tu m'as abandonnée moi je te quitterai car le voleur de lune ne reviendra jamais pour cueillir les étoiles il y aura des fantômes étrangement pareils à ton visage sombre ils viendront dans mon lit et je les bercerai nous nous donnerons tout dans le temps d'une nuit Daniel Daniel entends comme ma voix faiblit le boucher m'a jetée toute nue sur l'étal il a levé sa hache ma tête va rouler sur le billot sanglant je ne te verrai plus je ne t'entendrai plus l'autre me léchera de sa langue si fraîche l'autre me mangera comme il me l'a promis et il n'y aura ni toi ni moi je serai bien.

La chaleur montait encore. Le boucher était devenu grave et me regardait au fond des yeux dès qu'il se retournait vers la balance. Chaque fois, je respirais avec émotion les effluves douceâtres de la viande.

Je pensais à mes roses dont je n'avais pas changé l'eau et qui pourtant étaient si belles. Je n'avais pas réussi à rendre leur couleur, bien sûr, celle d'une vieille toile de fauteuil fanée, mais avec de la transparence, un dégradé précieux du rose pâle au brun très pâle sur le bord des pétales.

Je me laissais baigner maintenant dans

l'air chaud, bercer par les gestes répétitifs du travail, le regard lourd du boucher. J'étais engluée dans une attente passive ; le temps et les choses glissaient sur moi ; j'avais dans le corps des plaques mortes, d'autres fermentaient, travaillées par un ouvrage secret.

Il flottait autour des gens une odeur d'huile solaire et de mer ; les hommes avaient encore du sable collé dans les poils des jambes, les femmes sur la nuque, au creux des coudes, les enfants avaient des seaux et des pelles et des glaces à la vanille ; le patron et le boucher s'activaient entre la vitrine et le billot, la machine à hacher et le frigo ; le couperet tranchait les côtes à coups secs, la scie sciait l'os du gigot, les couteaux fendaient les viandes, et je mettais l'argent dans la caisse, les billets sales de tant de mains.

L'heure passait et le boucher me regardait jusque derrière la tête. Il était en train de tailler dans un flanchet aux fibres longues et noires lorsque sa main dérapa. Son pouce se mit à saigner abondamment, de grosses gouttes écarlates tombèrent en brillant, allèrent s'écraser sur le sol carrelé. Le boucher enfouit son doigt dans son tablier déjà maculé de traînées rouge sombre. Il voulut reprendre son travail, mais le sang continua à couler sur le billot.

Quand je revins, le torchon blanc que j'avais mis sous sa main était déjà trempé. Je le changeai. Le sang tombait sur le tissu par fleurs rouges. J'ouvris le flacon d'alcool, le versai directement sur le doigt. Le boucher rejeta la tête en arrière, la plaie scintilla. Je l'essuyai doucement, posai délicatement la bande de gaze sur la chair à vif, l'enroulai lentement autour du doigt. La gaze rougit aussitôt ; je fis un autre tour.

La seule odeur de l'herbe coupée suffisait à m'enivrer.

Le pouce était maintenant tout propre, enveloppé de blanc comme une mariée. Je sentis que le boucher me regardait. Je pris un doigtier de caoutchouc mince, le fit coulisser le long du doigt pansé.

Les yeux baissés, je ne me pressai pas de lâcher sa main.

Malgré la chaleur, la bouchère avait mis la table dehors, à l'ombre des arbres. Le patron, le boucher et les employés du marché buvaient un deuxième Ricard, se délassaient à grands coups de gueule et de rires.

La bouchère apporta un plateau de charcuteries et une salade de tomates. Au passage, le patron lui mit la main à la fesse. Elle tendit l'autre.

Le boucher était assis à côté de moi. Je le servis, à cause de son pouce. Comme toujours, le patron était en veine de plaisanteries salaces : « Alors, on s'est fait enrubanner le gros doigt par la petite caissière ? »

Un saucisson, dont l'extrémité était singulièrement évocatrice, relança les rires.

Les pâtés, rillettes, grattons, jambons disparurent en un clin d'œil.

Le vin circulait, de bonnes bouteilles.

La bouchère apporta de grandes entrecôtes saignantes, épaisses comme la main, marquées par les fers du barbecue.

Le patron et le boucher en prirent chacun une entière, qui débordait largement des deux côtés de leur assiette comme une langue pendante. Malgré sa blessure, le boucher coupait allègrement sa viande, par gros morceaux qu'il engloutissait à belle allure. Les rires et les propos égrillards continuaient à fuser. Je les entendais à peine, à cause de l'habitude et du vin qui jetait son brouillard sur moi.

La chaleur était accablante. Pas un souffle, et le ciel devenait de plomb.

Au fromage, l'excitation était à son comble. J'entendis vaguement des obscénités énormes. La bouchère disait à je ne sais lequel des hommes réunis autour de la table : « Va te branler, ramène-m'en un plein verre, et je te le bois. »

Plusieurs voix s'exclamèrent : « Chiche ! »

Alors l'orage éclata. L'éclair, le tonnerre, et la pluie. Une grosse pluie chaude et serrée.

On débarrassa la table en hâte, en se bousculant, avec des cris et des rires gras.

Les platanes se mirent à secouer leurs feuilles.

II

Nous ne disions rien, ni l'un ni l'autre. Je regardais aller et venir les essuie-glaces, m'engourdissais dans l'odeur de mes cheveux mouillés contre mes joues.

Il ouvrit la porte, me prit par la main. Mes nu-pieds étaient pleins d'eau, mes pieds barbotaient sur la semelle de plastique. Il m'amena au salon, me fit asseoir ; m'apporta un café. Puis il mit la radio, me demanda de l'excuser cinq minutes. Il lui fallait prendre une douche.

Je m'approchai de la fenêtre, tirai un peu le rideau, et regardai la pluie tomber.

La pluie me donna envie de pisser. En

sortant des toilettes, je poussai la porte de la salle de bains. La pièce était chaude, tout embuée. J'aperçus sa silhouette massive derrière le rideau de la douche. Je l'écartai un peu, le regardai. Il avança la main vers moi mais je m'esquivai, lui proposai de lui savonner le dos. Je montai sur la margelle, tendis les mains sous l'eau chaude, pris le savon, le tournai dans mes paumes jusqu'à m'en enduire d'une couche épaisse.

Je me mis à lui frotter le dos, en commençant par la nuque, les épaules, en mouvements tournants. Il était large et pâle, musclé et ferme. Je descendis le long de la colonne vertébrale, une main de chaque côté. Je lui frottai les flancs, en débordant un peu sur le ventre. Le savon faisait une mousse fine et parfumée, un réseau arachnéen de petites bulles blanches flottant sur la peau mouillée, un tapis de douceur glissant entre ma paume et ses reins.

Je remontai et redescendis le long de la colonne vertébrale plusieurs fois, du bas du dos à l'extrémité de la nuque, juste sur les premiers petits cheveux, ceux que le coiffeur rase parfois pour les coiffures très courtes, avec sa tondeuse si délicieusement vibrante.

Je repartis des épaules et savonnai les bras l'un après l'autre. Malgré la détente des membres, je sentais saillir les boules fermes des muscles. L'avant-bras était couvert de poils noirs, il me fallut bien délayer le savon pour y accrocher la mousse. Je remontai jusqu'aux aisselles, profondes et poilues.

Je m'enduisis à nouveau les mains, les appliquai ensemble en massages tournants sur les fesses. Malgré un certain volume, ses fesses avaient une forme harmonieuse, une courbe gracieuse pour tomber des reins, un rattachement sans mollesse aux membres inférieurs. Je passai et repassai sur ces rondeurs, afin d'en connaître le modelé autant par les paumes que par les yeux.

Puis je longeai les jambes dures et massives. La peau était poilue et recouvrait des barrières de muscles. J'eus l'impression de m'enfoncer dans une autre contrée du corps, plus sauvage, jusqu'au trésor étrange des chevilles.

Alors, il se retourna vers moi. Je levai la tête et aperçus ses bourses gonflées, sa verge tendue, toute droite au-dessus de mes yeux.

Je me relevai. Il ne bougea pas. Je pris encore le savon entre mes mains, commençai à nettoyer le torse, vaste et solide, modérément poilu.

Je me mis à descendre lentement le long du ventre, gonflé et ceinturé d'abdominaux puissants. Il me fallait du temps pour en couvrir toute la surface. Le nombril était saillant, petite boule blanche autour de laquelle se dessinait la masse ronde. Un astre autour duquel mes doigts gravitaient, en s'efforçant de retarder le moment où ils succomberaient à l'attraction vers le bas, vers la comète dressée contre le bel ordre circulaire de l'estomac.

Je m'agenouillai pour masser le bas-ventre. Je tournai longuement autour des parties génitales, tout doucement, jusqu'à l'intérieur des cuisses.

Son sexe était terriblement gros et tendu. Je résistais à la tentation de le toucher, prolongeant les caresses sur le pubis et entre les jambes. Il se tenait maintenant plaqué au mur, bras écartés, appuyé des deux mains contre les parois, ventre en avant. Il gémissait.

Je sentis qu'il allait jouir avant que je ne l'aie touché.

Je m'éloignai, m'assis en plein sous le jet de la douche et, les yeux toujours fixés sur son sexe trop enflé, j'attendis qu'il fût un peu calmé.

L'eau chaude coulait sur mes cheveux, sous ma robe ; chargé de buée, l'air moussait autour de nous, amortissait les formes et les bruits.

Il avait été au plus fort de l'excitation, et pourtant n'avait pas fait un geste pour hâter le dénouement. Il m'attendait, il m'attendrait aussi longtemps que je voudrais faire durer le plaisir, la douleur.

Je m'agenouillai à nouveau face à lui. Sa verge, encore fortement congestionnée, sursauta.

Je passai ma main sur les bourses, en remontant depuis la base, près de l'anus. Sa verge se redressa encore, plus violemment. Je la pris dans mon autre main, la serrai, commençai un lent mouvement de va-et-vient. L'eau savonneuse dont j'étais enduite facilitait merveilleusement le glissement. Mes deux mains étaient emplies d'une matière chaude et vivante, magique. Je la sentais palpiter comme le cœur d'un oiseau, je l'aidais à courir vers sa délivrance. Monter, descendre, toujours le même geste, toujours le même rythme, et les gémissements, au-dessus de ma tête ; et moi qui gémissais aussi, avec l'eau de la douche plaquant sur moi ma robe comme un gant étroit et soyeux, avec le monde arrêté à hauteur de mes yeux, de son bas-ventre, au bruit de l'eau dégoulinant sur nous et de sa verge coulissant sous mes doigts, à des choses tièdes et tendres et dures entre mes mains, à l'odeur du savon, de la chair trempée et du sperme qui montait sous ma paume...

Le liquide jaillit par rafales, éclaboussant mon visage et ma robe.

Il s'agenouilla aussi, lécha sur mon visage les larmes de sperme. Il me lavait comme se lave un chat, avec application et tendresse.

Sa tête blanche et dodue, sa langue rose sur ma joue, ses yeux bleus délavés, la paupière lourde encore comme sous l'effet d'une drogue. Et son corps languissant et pesant, son corps de plénitude...

Un champ de pluies vert tendre dans le vent doux des branches... C'est l'automne, il pleut, je suis une petite fille, je marche dans le parc et la tête me tourne à cause des odeurs, de l'eau sur ma peau et sur mes habits, là-bas sur le banc je vois un gros monsieur qui me regarde, qui me regarde si fort que je fais pipi, toute debout, je marche et je fais pipi, c'est moi qui pleus tout chaud sur le parc, sur la terre, dans ma culotte, je pleus, je plais...

Il m'enleva ma robe, lentement.

Puis il m'étendit sur le carrelage chaud et, laissant toujours couler la douche, se mit à déposer des baisers sur tout mon corps. Ses mains puissantes me soulevaient et me tournaient avec une délicatesse extrême. Ni la dureté du sol ni la force de ses doigts ne me meurtrissaient.

Je me relâchai complètement. Et il me mit la pulpe de ses lèvres, l'humidité de sa langue au creux des bras, sous les seins, dans le cou, derrière les genoux, entre les fesses, il me mit sa bouche partout, d'un bout à l'autre du dos, à l'intérieur des jambes, jusqu'à la racine des cheveux.

Il me posa sur le dos, par terre sur les petits carreaux chauds et glissants, souleva mes reins des deux mains, les doigts fermement plaqués dans le creux, jusqu'à la colonne vertébrale, les pouces sur le ventre ; il mit mes jambes sur ses épaules, et porta sa langue à ma vulve. Je me cambrai brusquement. L'eau de la douche me frappait des milliers de fois, tout doucement, sur le ventre et sur les seins. Il me léchait du vagin au clitoris, régulièrement, la bouche collée aux grandes lèvres. Mon sexe devint une surface ravinée d'où ruisselait le plaisir, le monde disparut, je n'étais plus que cette chair à vif, d'où giclèrent bientôt de gigantesques cascades, les unes après les autres, continuellement, l'une après l'autre, infiniment.

Enfin la tension faiblit, mes fesses retombèrent sur ses bras, je récupérai peu à peu, sentis l'eau sur mon ventre, vis à nouveau la douche, et lui, et moi.

Il m'avait séchée, mise au chaud dans le lit, et je m'étais endormie.

Je m'éveillai lentement, avec le bruit de la pluie contre les carreaux. Les draps étaient tièdes et doux, l'oreiller moelleux. J'ouvris les yeux. Il était couché près de moi, me regardait. Je portai la main à son sexe. Il avait à nouveau envie de moi.

Je ne voulais que ça. Faire l'amour, tout

le temps, sans rage, avec patience, obstination, méthodiquement. Aller au bout. Il était comme une montagne à escalader, et il me fallait arriver en haut, comme dans mes rêves, mes cauchemars. Le mieux aurait été de l'émasculer tout de suite, manger ce morceau de chair toujours dur toujours dressé toujours réclamant, l'avaler et le garder dans mon ventre, définitivement.

Je me rapprochai, me relevai un peu, l'entourai de mes bras. Il prit ma tête entre ses mains, amena ma bouche sur la sienne, y fit pénétrer sa langue d'un coup, l'agita au fond de ma gorge, l'entortilla et la roula contre la mienne. Je me mis à lui mordiller les lèvres, jusqu'à sentir le goût du sang.

Alors je grimpai tout à fait sur lui, appuyai ma vulve contre son sexe, me la frottai contre les bourses et la verge ; je la guidai de la main pour la faire pénétrer en moi, et ce fut comme un éclair massif, l'entrée éblouissante du sauveur, le retour instantané de la grâce.

Je relevai les genoux, pliai les jambes

autour de lui, et le chevauchai vigoureusement. Chaque fois que, tout en haut de la vague, je voyais sortir sa verge, luisante et rouge, je la reprenais en tâchant de me l'enfoncer plus loin encore.

J'allais trop vite. Il me calma doucement, je dépliai les jambes et me couchai sur lui. Je restai immobile un moment, contractant les muscles de mon vagin autour de son membre.

Je lui mordis la poitrine sur toute sa largeur ; des charges électriques me parcouraient la langue, les gencives. Je me frottai le nez au gras de sa viande blanche, aspirai son odeur en tremblant. Je louchais de plaisir, le monde n'était plus qu'un tableau abstrait et vibrant, un entrechoquement de taches couleur chair, un puits de matière douillette où je m'enfonçais dans un élan joyeux de perdition. Une vibration partie des tympans me prit la tête, mes yeux se fermèrent ; une conscience extraordinairement aiguë se propagea avec les ondes qui parcouraient ma boîte crânienne, il y eut comme une flamme, et mon cerveau jouit, seul et silencieux, magnifiquement seul.

Il roula sur moi, et me chevaucha à son tour, en s'appuyant sur ses mains pour ne pas m'écraser. Ses bourses frottaient sur mes fesses, à l'entrée de mon vagin, sa verge dure m'emplissait, glissait et glissait sur mes parois profondes, mes ongles s'enfoncèrent dans ses fesses, il haleta plus fort... Nous jouissions ensemble, longuement, nos liquides confondus, nos râles confondus, venus de plus loin que la gorge, des profondeurs de nos poitrines, des sons étrangers à la voix humaine.

Il pleuvait. Enveloppée d'un grand T-shirt qu'il m'avait prêté, je m'étais accoudée à la fenêtre, assise à genoux sur la chaise placée contre le mur.

Si je savais le langage de la pluie, bien sûr, je l'écrirais, mais chacun le connaît, et peut le rappeler à sa mémoire. Être dans un lieu clos quand dehors tout est eau, ruissellements, noyades... Faire l'amour dans l'étroitesse ingrate d'une voiture, quand les vitres et le toit résonnent de gouttes monotones... La pluie dénoue les corps, les rend pleins de mollesse et de mouillures... Baveux et s'entreléchant comme les escargots...

Lui aussi était en T-shirt, couché sur le canapé, ses grosses fesses, son gros sexe et ses grosses jambes nus.

Il s'approcha de moi, appliqua sa verge dure sur mes fesses. Je voulus me retourner, mais il m'attrapa par les cheveux, me tira la tête en arrière, et se mit à me forcer l'anus. Je souffrais, et j'étais coincée sur ma chaise, condamnée à garder la tête au ciel.

Enfin il entra totalement, et la douleur s'adoucit. Il se mit à aller et venir, j'étais pleine de lui, je ne sentais que sa verge énorme et ogresse tout au-dedans, tandis que dehors la pluie en coupe se précipitait pure lumière liquide.

Tout en continuant à se secouer en moi, à me travailler comme un terrassier en me maintenant la tête en arrière, il glissa deux doigts dans mon vagin, puis les sortit. J'y enfonçai alors les miens, sentis sa verge dure battre derrière la paroi, et commençai à me frotter dans le même rythme. Il accéléra ses coups, mon excitation grandit, douleur et plaisir confondus. Son ventre cognait contre mon dos à chaque coup de reins, et il me transperçait un peu plus, m'envahissait un peu plus. J'aurais voulu libérer ma tête mais il tirait davantage encore sur mes cheveux, j'avais le cou terriblement tendu, les yeux obstinément tournés vers le ciel qui se vidait, et il me frappait et il me martelait jusqu'au plus profond de moi, il m'ébranlait le corps, et puis me le remplit de son liquide chaud, qui sortait par saccades en me heurtant mollement, savoureusement.

Une grosse goutte cognait régulièrement quelque part avec un son de métal creux. Il lâcha mes cheveux, je laissai retomber la tête dans l'embrasure, et me mis à osciller imperceptiblement.

Je le fis mettre nu, allonger par terre sur le dos. Avec les sandows de son exerciseur, je lui attachai les bras aux pieds du fauteuil, les jambes à ceux de la table.

Nous étions tous les deux fatigués. Je m'assis dans le fauteuil, le regardai un moment, immobile et écartelé.

Son corps me plaisait ainsi, plein de chair ouverte et prisonnière, éclaté dans sa splendide imperfection. Homme déraciné, à nouveau cloué au sol, le sexe comme un pivot fragile exilé des ténèbres et exposé à la lumière de mes yeux.

Il aurait fallu que tout soit sexe, les rideaux, la moquette, les sandows et les meubles, il m'aurait fallu un sexe à la place de la tête, un autre à la place de la sienne.

Il nous aurait fallu pendus tous les deux par un crochet de fer face à face dans un frigo rouge, crochetés par le haut du crâne ou par les chevilles, tête en bas, jambes écartées, face à face nos chairs, livrés impuissants au couteau de nos sexes brûlant comme des fers rougis, ouverts, brandis. Il nous aurait fallu hurlants à la mort sous la tyrannie de nos sexes, qu'est-ce que nos sexes ? L'été dernier, premier acide, j'ai perdu mes mains d'abord, et puis ensuite jusqu'à mon nom, jusqu'au nom de ma race, perdue l'humanité dans ma mémoire, dans le savoir de ma tête et de mon corps, perdue l'idée de l'homme, de la femme ou même de la bête ; je cherchais un peu, que suis-je ? Mon sexe. Au monde restait mon sexe, sans nom, et son envie de pisser. Le seul endroit où mon âme s'était réfugiée, concentrée, le seul où j'existais, à la manière d'un atome, errant entre ciel et herbe, entre vert et bleu, sans autre sentiment que celui d'un pur sexe-atome, juste, à peine, travaillé par l'envie de pisser, égaré, bienheureux, dans la lumière, presqu'île Saint-Laurent, c'était un jour d'été, ou non c'était l'automne, il m'a fallu une nuit et encore un matin pour redescendre, mais après pendant des mois quand je pissais je me perdais, le temps d'un vertige ça y est, je me rentre tout entière dans mon sexe comme dans un nombril, mon être est là dans cette sensation au centre du corps, annihilé le reste du corps, je ne me connais plus, plus de forme plus de générique, le trip total chaque fois et parfois encore, juste un instant, comme d'être pendu la tête en bas dans la grande spirale de l'univers, mais va savoir ce que valent ces instants-là, après je me dis « c'est vrai ça, qui je suis ? » et « tiens ! comme le monde est beau, avec toutes ces grappes de raisin noir, comme c'est bon de faire les vendanges en plein midi, avec le soleil qui s'accroche aux raisins et aux yeux des vendangeurs, les ceps sont tordus, comme j'aimerais pisser au bout du rang ! », et on a dans le corps toutes sortes de bêtises comme ça, tellement on se sent bien, après ce drôle de vertige qui nous manque un peu, quand même, déjà.

Je me levai, m'agenouillai jambes ouvertes au-dessus de sa tête. Sans me mettre à portée de son visage, j'écartai de mes deux mains mes grandes lèvres, lui fit regarder ma vulve, longtemps.

Puis je la caressai lentement, avec un mouvement tournant, de l'anus au clitoris.

J'aurais voulu des ciels gris où l'espoir se concentre, où les arbres en tremblant tendent leurs bras de fée, des songes capricieux emportés dans les herbes embrassées par le vent, j'aurais voulu entre mes cuisses sentir le souffle immense des millions d'hommes de la terre, j'aurais voulu, regarde, regarde bien ce que je veux...

J'enfonçai mes doigts gauches dans mon vagin, continuai à me frotter. Mes doigts ne sont pas mes doigts, mais un lourd lingot, un gros lingot carré fiché en moi, éblouissant d'or au plus noir de mon rêve. J'allai de plus en plus vite des deux mains ; je chevauchai l'air convulsivement, jetai la tête en arrière, jouis en sanglotant sur ses yeux.

Je rejoignis le fauteuil. Son visage avait rougi, il bandait à nouveau, assez mollement. Il était sans défense.

Quand j'étais petite, je ne savais rien de ce qu'était l'amour. Faire l'amour, le mot le plus magique, la promesse de la chose incroyable et merveilleuse qui nous arriverait tout le temps dès que nous serions grands. Je n'avais aucune idée de la pénétration, ni même de ce qu'ont les hommes entre les jambes, malgré les douches avec mes frères. On a beau voir et voir, que sait-on, quand on a le goût du mystère ?

Quand j'étais plus petite encore, quatre ans à peine, on parle devant moi et on croit que je n'entends pas, papa raconte qu'un fou la nuit court en hurlant dans la forêt. J'ouvre le portail du jardin de ma grand-mère, et toute seule avec ma chienne-loup j'entre dans le bois ; dans la première trouée entre les arbres, sur une motte de sable, je me couche avec la chienne, tout contre son flanc chaud, un bras autour de son cou ; elle tire la langue et elle attend, comme moi. Personne. Les pins se serrent et se penchent vers nous, d'un geste tendre et inquiétant. Au milieu de la forêt, il y a une longue saignée de béton, toute bordée de ronces où on trouve des mûres, et où un pilote de kart, un jour, en quittant brutalement la course, devant moi, s'est crevé les yeux. Il y a un blockhaus avec une gueule noire en guise de porte, et tout au bout un lavoir mangé de mousse et d'herbes. La piste a conservé l'empreinte dure d'un pied, immense.

J'allai me coucher par terre près de lui, posai ma tête sur son bas-ventre, la bouche contre sa verge, une main sur ses bourses, et je m'endormis. Sûrement la trace dans le ciment frais du pas d'un grand soldat blond, et fort, et beau peut-être.

Quand je me réveillai contre son sexe, je

le pris dans ma bouche, l'aspirai plusieurs fois de la langue, le sentis gonfler, toucher au fond de ma gorge. Je massai ses bourses, les léchai, revins à sa verge. Je me la mis dans le creux de chaque œil, sur le front, sur les joues, contre le nez, sur la bouche, le menton, dans le cou, y posai la nuque, la coinçai entre mon omoplate et ma tête penchée, dans mon aisselle, dans l'autre, la frôlai de mes seins jusqu'à les en faire presque jouir, y frottai mon ventre, mon dos, mes fesses, mes cuisses, la serrai à l'intérieur de mes bras et de mes jambes pliés, y appuyai la plante du pied, jusqu'à en garder l'empreinte sur tout mon corps.

Puis je la remis dans ma bouche et la suçai très longuement, comme on suce son pouce, le sein de sa mère, la vie, pendant qu'il gémissait et haletait, toujours, jusqu'à ce qu'il éjacule, dans une plainte aiguë, et que je boive son sperme, sa sève, son don.

J'avais tenu à remettre ma robe mouillée, partir à pied. La pluie s'était calmée.

J'arrivai à la plage sans le vouloir. La mer était haute et forte, le sable mouillé, il n'y avait personne. Je descendis jusqu'à l'eau. Elle était sombre, et transportait des paquets d'écume grise. Je longeai le rivage en zigzaguant — avec les vagues qui arrivaient et repartaient, et amenaient des millions de petites bulles, comme la mousse du savon.

Les dunes avaient la couleur et les formes de la chair.

J'enfonçai mes deux doigts dans la masse humide et molle. La mer n'arrêtait pas de baver, à se branler sans cesse contre le sable, à courir après sa jouissance.

Où est l'amour, sinon dans le mal brûlant du désir, de la jalousie, de la séparation ?

Jamais Daniel ne sera couché contre mon corps. Daniel est mort, je l'ai enterré derrière la dune. Le corps que je n'aimerai plus, le corps que le couteau du boucher a tranché, séparé du mien. Fantôme qui continue à aimer loin de moi, fantôme, mon ventre est béant. Je me suis fait ton sexe avec mes deux doigts pour foutre la terre, la salope, qui ne veut pas m'aimer, moi l'homme, moi la femme, chair et sang, ventre déchiré des enfantements, viande mortelle à habiter.

Je remontai au pied d'une dune, m'assis dans le sable, sec et tendre comme mes os. Douce pente du temps.

Je me fis emmener au Chat noir par quatre garçons que je venais de rencontrer au bar de la Plage, où j'étais allée me réchauffer. Sur le siège arrière de la voiture, Pierre et Dominique me tenaient par les épaules, m'embrassaient sur les joues et riaient.

C'était une « nuit masquée », et la boîte était envahie par une forêt de visages rigides, grimaçants et grotesques. Je dansai avec plusieurs partenaires, dont je ne pouvais apprécier que le corps. Comme ils n'échangeaient pas de baisers, les couples se touchaient beaucoup, en aveugles.

Pierre m'invita le temps d'un slow. Il avait dix-huit ans, de longues jambes et, sous sa tête de mort en caoutchouc, un gentil petit nez. J'appuyai bien fort ma tempe contre son torse, mes mains sur son dos, et je le laissai me caresser.

A la fin du morceau, il me prit par la main, retira son masque et m'entraîna dehors.

Il faisait frais, un ciel sans étoiles. Pierre

me prit contre lui, et je m'y serrai avec plaisir. Il m'embrassa.

Dans la voiture, il m'embrassa encore. Puis il alluma ses phares, démarra.

Sur la route qui traversait la forêt il s'arrêta. Il se remit à m'embrasser.

Il me fit descendre et, me tenant par la nuque, s'enfonça avec moi dans le bois.

Il me fit étendre par terre, se coucha sur moi en relevant ma robe. J'étais restée nue dessous, et je compris qu'il avait baissé son pantalon. Il faisait un noir d'encre, je ne voyais rien. Pierre me pénétra aussitôt, et se mit très vite à souffler bruyamment. Je regardais de tous mes yeux dans les ténèbres, tentais de distinguer le ciel des arbres. Bientôt je vis une tache plus claire, et un mouvement dans cette tache. La lune sortit d'un coup du nuage, lança sur nous sa lumière laiteuse.

Alors je vis au-dessus de moi la tête de mort.

Je poussai un cri, et le garçon cria aussi, en me jetant son sperme dans le ventre.

L'aube me ramassa dans le fossé. J'étais poisseuse, pleine de terre, assoiffée, couchée dans un trou qui l'hiver servait à l'écoulement des eaux.

Le jour se levait, tuait les ténèbres avec leur cortège de mystères. Et la lumière était bien plus inquiétante encore, qui imposait de tout voir, tout savoir. Pourtant je l'accueillis en souriant.

Les oiseaux de jour s'étaient mis à chanter tous ensemble. J'allais rentrer chez moi et peindre.

Lorsque je voulus sortir du trou, je m'aperçus que je ne pouvais plus bouger.

Le bras droit, de l'épaule à la main, était paralysé. Au moindre mouvement, des élancements douloureux me parvenaient du dos et des jambes.

J'avais toute la nuit entendu la mer rêver sur de durs coussins, la forêt tressaillir. J'avais couru dans les ténèbres et je m'étais cognée aux arbres aux racines aiguës, j'avais pleuré des larmes toutes noires et j'étais tombée dans le fossé, dans la terre chaude qui m'avait recueillie, j'avais dormi au creux du lit de terre, sous la chape immense de charbon, sous l'aile du corbeau, dans le ululement obscur des hiboux.

La nuit vibrante et scintillante était passée sur moi, je l'avais bue à larges goulées, j'en étais pleine.

Et maintenant le jour se levait et déchirait les ténèbres, qui s'accrochaient par lambeaux dessous les arbres. Et puis il y eut un premier rayon de soleil, qui traversa la route et darda entre les branches comme le fil aigu d'une lame. Et toute la nuit fut effacée.

Les oiseaux crièrent plus fort ; dans l'herbe, sous les feuilles des pins, des choses se mirent à courir. J'entendis la mer, encore, qui devait, là-bas, être toute tachetée de lumières.

Une voiture passa.

Je tentai à nouveau de me relever. J'étais totalement endolorie, mais je fis l'effort de me traîner en m'appuyant sur le coude gauche. J'avançai à peine, restai immobilisée par la douleur. Je recommençai, gagnai quelques centimètres.

A cet endroit, le fossé était trop profond pour que je puisse penser à le remonter dans l'état où j'étais. Il me fallait progresser jusqu'au moment où je trouverais une déclivité plus faible.

Je me mis à ramper sur le coude gauche sans m'arrêter, malgré les douleurs qui me transperçaient au plus petit mouvement. Je gagnais du terrain à pas minuscules, des pas miniatures que j'aurais pu faire entrer dans mes tableaux. Je ris en pensant à Daniel, à nos amours gâchées, à sa lucidité de pacotille.

Je riais sans voix, avec des élancements douloureux dans les côtes et dans le dos à chaque soubresaut. Mais j'étais heureuse, et je ris encore, la tête contre les aiguilles de pin.

Je rampai encore, jetant le coude devant ma tête, l'enfonçant dans le sol, et traînant après tout le reste du corps. Les douleurs s'estompaient peu à peu, et je pus bientôt m'aider des genoux.

J'aimais ce fossé, j'étais contente de m'y traîner. C'était un beau fossé, avec de l'herbe et de la rosée, et une terre sableuse et noire, et un tapis d'aiguilles de pin sous lequel vivait un monde de petits êtres.

A quelques mètres devant moi, le fossé s'évasait, s'ouvrait en cuvette. C'était la sortie que j'attendais. Mes forces redoublèrent.

J'atteignis l'endroit où la pente était bien plus faible. Mon bras droit était encore à peu près inutilisable. Je commençai l'ascension en me servant de mon avant-bras gauche, de la pointe de mes pieds et de mes genoux. Je glissai plusieurs fois, et j'étais obligée de tout recommencer. Mais je ne relâchai pas mon effort avant d'être parvenue au sommet.

Quand je me retrouvai au bord de la route, le sentiment de ma ténacité me fit aspirer l'air à pleins poumons. Et je réussis à me mettre à quatre pattes.

Je constatai que mon bras droit commençait à m'obéir. Ma robe était toute déchirée, je sentis des restes de sperme couler à l'intérieur de mes cuisses, la peau de mes membres, râpée, éraflée, me cuisait.

J'étais sur le bord de la route. Je me mis à faire mon chemin à quatre pattes.

On n'imagine pas tout ce qu'il peut y avoir sur le bord des routes : plusieurs espèces d'herbes, des fleurs, des champignons, des cailloux tous différents et toutes sortes de petites bêtes...

J'entendis de loin venir une voiture. Je m'aplatis contre le sol autant que je le pus, me fis de toutes mes forces caméléon, herbe, bord de route.

La voiture passa.

La route s'étendait devant moi toute droite. Il ne me restait plus que quelques kilomètres à parcourir, et je pouvais maintenant marcher à quatre pattes. Mon cœur s'emplit de joie.

Heureusement il n'y avait personne. Ceux qui m'auraient vue là m'auraient aussitôt prise en pitié, et gâché tout mon bonheur plein d'espoir. Ainsi sont les autres : ils ne voient pas la beauté de votre vie, votre vie leur semble horriblement triste si, par exemple, vous n'êtes pas bronzé en plein été. Ils veulent que vous voyiez comme eux où est la juste joie, et si vous avez la faiblesse de vous laisser faire, jamais ensuite vous ne trouvez l'occasion de dormir seul dans un fossé, tout déchiré, par une nuit noire.

A quatre pattes, je m'imaginai que j'étais un chien, un chat, un éléphant, une baleine. Le soleil montait devant moi, chauffait sur mon visage tout ruisselant de sueur. Les baleines ont des océans pour demeure, et crachent l'eau pour s'arroser le visage. Je broutai un peu d'herbe pour me rafraîchir.

Sans faire exprès, je mangeai aussi quelques insectes qui passaient par là.

Bientôt, je me sentis suffisamment en forme pour tenter de me mettre debout. Les mains toujours à terre, je décollai les genoux du sol, soulevai la croupe. Quand je sentis le terrain plaqué sous mes pieds, je me lâchai des deux mains, comme en vélo, me lançai en arrière, en prenant garde à équilibrer de mon mieux ce mouvement de bascule, de façon à ne pas retomber.

Je me mis en marche, pieds nus sur le bord de la route, sur l'herbe et les cailloux, et toutes ces choses qu'on n'imagine pas.

Des voitures passaient, une s'arrêta mais je ne voulus pas monter. J'étais plus solide que jamais. J'avais la force du boucher, la malignité du garçon à la tête de mort.

Une large avenue s'ouvrait devant moi. J'allais peindre un bateau, et, quand la pluie reviendrait, je serais prête. Je prendrais à mon bord les animaux de la terre et un boucher, et nous naviguerions ensemble pendant tout le déluge.

J'arrivai à une première maison, entourée d'une haie d'où débordaient des roses. J'en coupai une, lui arrachai ses pétales par paquets, les mangeai. Ils avaient beau être fins et délicats, j'en avais plein la bouche. Le chien de garde se précipita derrière le portail, en aboyant et en grognant de toutes ses dents. Je finis de déguster la fleur, et lui jetai la tige épineuse.

Cet ouvrage a été composé
par l'Imprimerie Tardy à Cahors
et achevé d'imprimer le 26 avril 1989
par l'Imprimerie Floch à Mayenne
pour France Loisirs
D.L. avril 1989
N° d'éd. : 15049
N° d'impr. : 27987